D1725247

Gwenda Turner

Drei Hexen und ... – Apachensalz

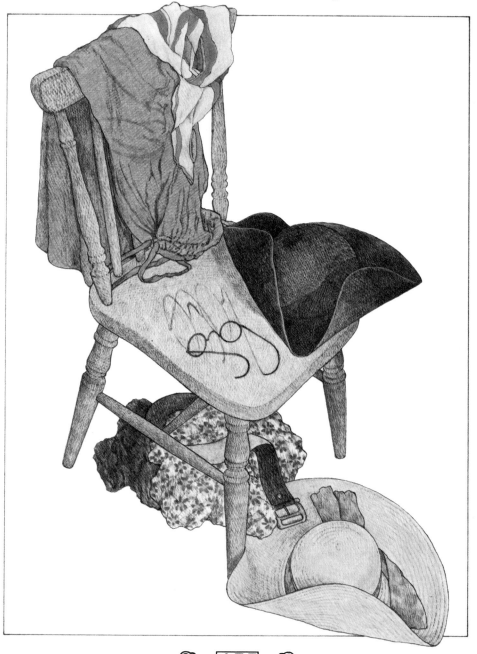

ALIBABA VERLAG Frankfurt am Main

Anstelle einer Widmung

Das Leben im Heim

Das Leben im Heim ist sehr gut, nur manchmal ist es langweilig. Manche Kinder, die im Heim sind, haben keine Eltern mehr, oder die Eltern sind geschieden. In Heimen gibt es viel Essen, aber es schmeckt nicht gut. Manche Leute denken, es gibt ganz wenig zu essen, und wir bekommen Schläge, aber das stimmt nicht.

Manche Leute behaupten, wir täten alles kaputt machen und Leute ärgern. Wir Heimkinder können viel mehr Sachen unternehmen und bekommen auch mehr Taschengeld als die anderen Kindern im Dorf. Wir haben viele Tiere im Heim, zum Beispiel Hasen, Meerschweine, Mäuse, Hühner und einen Hund. Ich habe sehr viele Freunde im Dorf und sehr viel Freunde im Fußball. Ich bekomme auch oft Besuch von meinen Eltern. So ist das Leben im Heim.

Andreas, 12 Jahre
Auszug aus **Klassengeschichte(n)**, *einem Buch, daß die Kinder einer Frankfurter Schulklasse gemeinsam geschrieben haben. Außer Andreas lebten drei andere Kinder aus dieser Klasse in einem Kinderheim.*
Klassengeschichte(n) *ist im ALIBABA VERLAG erschienen.*

Drei Hexen und . . . – Apachensalz

von Gwenda Turner
Deutscher Text: Abraham Teuter
Originaltitel: The Tree Witches
© 1983 By Gwenda Turner
© 1983 Deutsche Ausgabe by ALIBABA VERLAG Frankfurt am Main
First published by KESTREL BOOKS (Penguin Books Ltd.) Great Britain
Printed in Great Britain
Satz: Caro Druck GmbH Frankfurt/Main
ISBN: 3-922723-33-0

Eva, Nihal und Astrid lebten in einem Kinderheim.
Sie waren Hexen und verkleideten sich gerne. Eva
trug einen Hut und eine Brille. Nihal erschien als
Zigeunerin. Astrid zeigte sich als Piratin.

Ihre Streiche heckten sie immer zusammen aus . . .

... und hatten immer Unfug im Kopf.

Ihr Hexenhaus war in einem Baum mitten
im Garten des Heims.
Es war ein tolles Baumhaus, daß sie mit zwei
Erzieherinnen ganz alleine gebaut hatten.
Es war sehr stabil.

Das Baumhaus im Baum im Garten gehörte zu
einem alten Haus, das eine Frau Mütchen einem
Verein für elternlose Kinder geschenkt hatte.
Das Baumhaus wurde deshalb Mutburg genannt.
Geheime Sachen konnten zwischen den Ästen
versteckt werden – Bonbontüten, Limoflaschen
und Keksdosen waren dort ziemlich sicher.

Im Sommer war Heimfest. Astrid, Nihal und Eva bauten einen Zauberladen auf, natürlich unter ihrem Baum. Im Baumhaus war ihr Lager. Sie hatten viele Überraschungen vorbereitet.

Sie verkauften Gummispinnen,
Masken und Furchtmacher
mit Gebrauchsanweisung.

Ein Junge war neu in das Heim gekommen.
Er stand am Gartentor.
„Wie heißt du?", fragten die Mädchen.

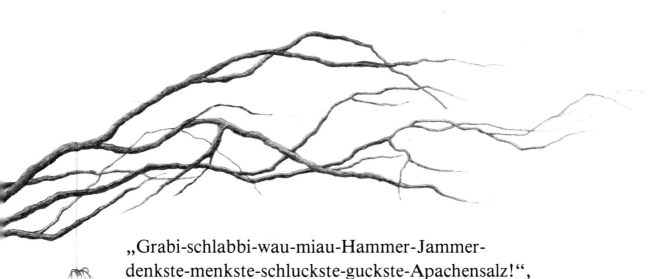

„Grabi-schlabbi-wau-miau-Hammer-Jammer-
denkste-menkste-schluckste-guckste-Apachensalz!",
antwortete der Junge.

Die Mächen lachten.
„Wie heißt du wirklich?"
„Wie mein Pappi", sagte der Junge.
„Und wie heißt der?", fragten die
Mädchen.
„So wie ich."

„Wir verwandeln dich in einen Frosch, wenn du
nicht deinen Namen sagst."
„Wir sind die Hexen hier."
Der Junge lachte.
Sie lachten alle.

Die Mädchen tauschten eine Gummispinne gegen
drei Knatschkaugummis. Das waren Kugeln, die
beim Kauen Beulen in die Backen drückten und ihre
Farbe wechselten. Sie sollten auch Riesenblasen
machen, hatte der Junge gesagt.

Über die Mickerbläschen freute sich nur einer.

Sie überlegten, ob sie diesen Jungen gleich in eine quackende Kröte verwandeln oder ihn auf die Probe stellen sollten.

Am nächsten Tag schickten sie ihm einen Brief.

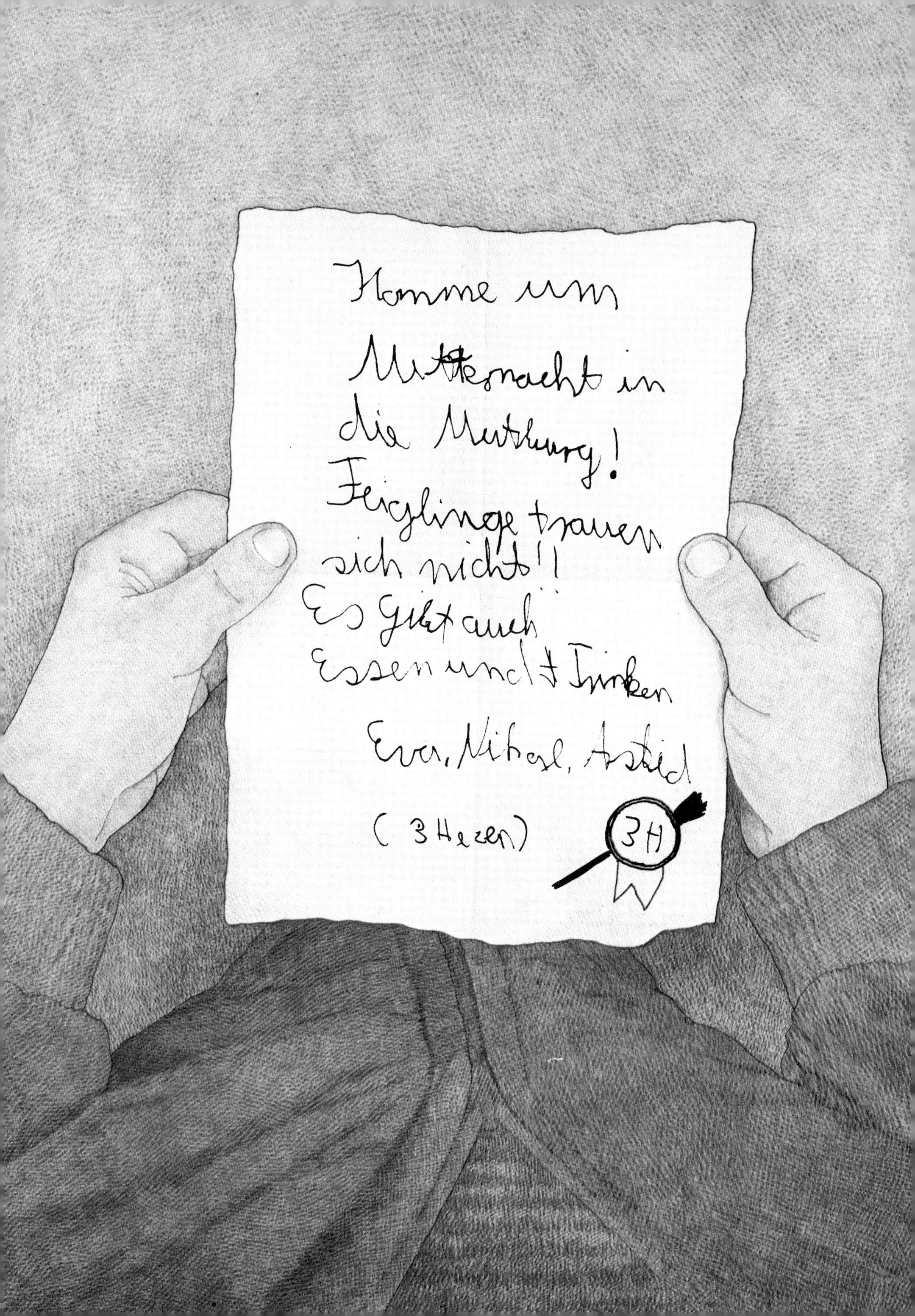

In dieser Nacht, der Mond hatte sich hinter einer Wolke versteckt, versammelten sich vier Gestalten zum Hexenmahl in Mutburg.

Sie aßen Heringsschokolade, Krötenpudding,
Kreidetörtchen und Bonbonbraten.
Sie tranken Brennessel-Cola dazu.

Es war eine dunkle, dunkle Nacht. Schaurig krächzten die Eulen, finstere Schatten tanzten zwischen den Zweigen, die Lampe leuchtete flackernd in Mutburg, durch dessen altes Gemäuer der Wind heulte. Die Mädchen begannen Grabi-schlabbi-wau-miau-Hammer-Jammer-denkste-menkste-schluckste-guckste-Apachensalz ihre schrecklichen Hexengeschichten zu erzählen ...

★ ... letzte Woche waren die Erzieher dran, erst Frau Kumpelton und Peter Robustnik. Wir stellten ihre Uhren alle vor, füllten die Zahnpastatuben mit Senf und taten Salz in die Zuckerdose; die waren schnell munter. ★

★ ... und dann strichen wir Rübensirup auf den Stuhl von Frau Seelengut und in die Fußballschuhe von Herrn Tordrang. ★

★ ... später vertauschten wir die Musikkassetten von Herrn Tongenuß. Anstelle von so einem Geigengedudel spielte dann Discorock, gerade als Fräulein Wangenruusch bei ihm zum Kaffee war. ★

★ ... Und jetzt verwandeln wir Mutburg in das finstere dunkelschwarze Hexenhaus und zeigen dir unsere geheimsten Hexenkünste. ★

Die drei Hexen erschreckten Grabi-schlabbi-wau-
miau-Hammer-Jammer-denkste-menkste-schluckste-
guckste-Apachensalz ...

... und er erzählte, wie er im Kino mal die Leute
als Gespenst überrascht hatte, oder wie er die
Namensschilder an Briefkästen vertauscht hatte ...

Sie redeten stundenlang über Schreckspinnen,
Seeräuberschätze und Draculazähne.
Und sie alle meinten, daß Spuk- und
Schreckgeschichten tollen Spaß machen.

Die drei Hexen nannten Grabi-schlabbi-wau-miau-
Hammer-Jammer-denkste-menkste-schluckste-
guckste-Apachensalz von jetzt an „Rummel-
Schummel-Hexerich" und machten ihn zum Mitglied
im Hexenclub.
Dann rannten sie sofort los, weil ihnen schon wieder
was Irres eingefallen war.